다 시,

봄 이

오 다

다시, 봄이 오다

발행일   2016년 3월 25일

글쓴이   김 정 곤
펴낸이   손 형 국
펴낸곳   (주)북랩
편집인   선일영   편집   김향인, 서대종, 권유선, 김예지
디자인   이현수, 신혜림, 윤미리내, 임혜수   제작   박기성, 황동현, 구성우
마케팅   김회란, 박진관, 김아름
출판등록   2004. 12. 1(제2012-000051호)
주소   서울시 금천구 가산디지털 1로 168, 우림라이온스밸리 B동 B113, 114호
홈페이지   www.book.co.kr
전화번호   (02)2026-5777   팩스   (02)2026-5747

ISBN   979-11-5585-747-2 03810(종이책)   979-11-5585-748-9 05810(전자책)

이 도서의 국립중앙도서관 출판예정도서목록(CIP)은
서지정보유통지원시스템 홈페이지(http://seoji.nl.go.kr)와
국가자료공동목록시스템(http://www.nl.go.kr/kolisnet)에서 이용하실 수 있습니다.
(CIP제어번호 : CIP2016007688)

성공한 사람들은 예외없이 기개가 남다르다고 합니다.
어려움에도 꺾이지 않았던 당신의 의기를 책에 담아보지 않으시렵니까?
책으로 펴내고 싶은 원고를 메일(book@book.co.kr)로 보내주세요.
성공출판의 파트너 북랩이 함께하겠습니다.

김정곤의 일곱 번째 시집

다시, 봄이 오다

김정곤 지음

북랩 book Lab

서 문

순간순간 생각의 흔적이 다시 글이 되었다.
시집으로 엮기에는 부끄럽고 작아 보이지만
메모할 당시의 기억이 잊히지 않고 스친다.
훗날 펼쳤을 때에도 생각의 앨범이 되어 내 눈앞에 나타나리라.
그것이 말과 글의 차이니까.

매실나무와 차나무는 심으면 5년 후면 열매를 수확하고
고로쇠나무는 6~7년이면 물맛을 볼 수 있는데
우리는 너무 오래 기다리고 있는 건 아닌지.

꼭 바쁠 때만 방비엥행을 꿈꾼다.

막상 한가해지면 갈지도 안 갈지도 모르는 곳이다.

루앙프라방과 비엔티엔 중간에 있어 사람들이 모이는 곳.

나는 늘 중간에서 살고 있는 것 같았다.

지금 살고 있는 여기 말고

그곳에 가 살고 싶다는 생각의 연속이다.

매실나무, 차나무, 고로쇠나무가

더 많은 결실을 주고 끝나가기 전에….

화개에서 김정곤

목차

늦은 화개장터에서

제주에서 온 더덕은 온몸에 상심을 더덕더덕 붙이고 산다
뿌리에 딸려온 흙냄새로
생전의 마지막 고향을 온몸에 각인시키려는 듯
밤이 되자 옆집에 자빠져 있는 문경마의 눈치를 보며
슬며시 새싹을 발기시킨다

옹기가게의 옹기는 사이좋게 옹기종기
누운 건지 서 있는 건지
자리 때문에 싸운 적을 본 적이 없다
정현다원 사람 모양 흙 인형들, 본적은 어디인지 모르지만
초승달처럼 인상을 찡그린 것을 본 적이 없다
옥화는 세월의 협조로 주막에서 밥집으로 업종을 자동으로
변경하는 데 성공했고
나를 한 번도 피한 적이 없는 피아골농장에서 목포집까지
는 열 걸음도 안 된다
나는 몇 걸음을 더 가야 도착이 되나

붕어빵 가게에는
한 번도 물로 돌아가지 못한
붕어들의 부화되지 않은 알들이
도란도란 숨어 있지

주인들은 가게 앞에서 조마조마
손님들은 가격 앞에서 두근두근

동해와 남해를 휘젓던 수족관 속 물고기들은
추사, 서포, 다산, 나처럼 유배를 왔을까
살아 돌아갈 수 없는 소금 향 바다의 추억
밤새워 수족관 속을 별처럼 떠돌다
하늘을 보다 잠든다
하늘은 밤이면 가끔 물고기들의 바다가 되어 주었다

매상을 두 배로 올려주는 뻥튀기 기계는
밤에는 두 배로 편히 쉬어야 한다
맞아야 철이 드는 대장간 위 초승들은
하동생약 허사장의 야관문을 부탁해야 할 시기
사그러지는 것들에 참 좋은 건데
머라 표현할 길 없는 밤

은행털이

별스럽게 통화빨이 안 좋은 구름 낀 날

모두 통화 중이다

전파도 구름 많으면 노인처럼 힘이 드는가

가야 할 언어들 출퇴근 거리처럼 정체다

혀 속에 고여 잘 숙성된 언어, 침과 함께 귀대한다

잎들도 자연과의 교감으로 바빠지는 계절

씩씩한 잎들은 물을 빨아들여 가지를 은폐하기 시작했다

점심시간을 이용해 걸어 본

은행나무가 유난히 큰 면 단위 파출소

주위에는 노란 눈이 1도 인쇄된 책처럼 쌓여 있다

간혹 바람이 스토리가 궁금해 책장을 넘기고 간다

같이 은행을 털고 싶은 비둘기 같은 어린 경찰이

비둘기 집에서 비둘기 같은 옷을 입고 비둘기처럼 고개를 내민다

우리 같이 은행을 털래요?

뭐든 동업을 한다는 게 이익은 반이지만 손해도 반이잖아요

노랗게 공범이 되어 볼까요

어차피 늦가을 되면 은행들은 다 즐겁고 화끈하게 파산이잖아요
경계를 설래요? 내가 털어 볼 테니
암호는 구구구, 구이구이 그런 거는 하지 마요
보이스피싱이 우리를 먼저 흔들어 다 털어 갈지 몰라요

화가

감을 따는 사람들은 얼마나 위대한 화가인가
데이지도 않고
서서히 불을 끄고
오히려 가을 감나무밭을 초록으로 만드니
두 계절을 거꾸로 돌릴 수 있으니

연말

우체국에서 택배를 부치고
오던 길을 등지고 가
자동차 펑크를 때웠다
실펑크였다
조금씩 사라지는 공기가
당장은 눈에 띄게 보이지는 않았지만
며칠이 지나보니 보이기 시작하더라
공기의 몸뚱아리 느껴진다

신정부터 구멍 났을 올해 정육점의
살들도
다 빠지는 중

수능

아까징끼를 아까 바른 듯
놀란 봄처럼
깊은 봄처럼
잎새주에 취한 벗처럼
커트라인에 걸린 수험생처럼
가을 색에 취해 있는 날
바다로 입수한 노을을 불러내어
초록 잎들을 붉게 현상하는
화개 자연사진관

가을 끝 가지들은
살 빠진 몸짓으로 아래로만 셔터를 누릅니다
잎들은 일제히 땅으로 붙습니다
이번 가을낙엽 수험생들은
내년 봄 대학입학은
또 자동입니다

꽃

너는 참 곱다

꽃 한 번
책 한 권
제대로 볼 시간도 없이 살았다

어딘가에 있는 걸 알면서도
볼 수 없는 네가
참 아련하다

방황

있어야 할 곳에 있지 못하고
있고 싶지 않은 곳에
의무처럼 있는 모든 것들은 얼마나 불행한가

꽃도
사람도
너도

원래의 자리에 있을 때가
가장 좋았다

태양식당

태양식당의 명태탕은 너무 맵다
속 쓰린 인간들을 위해 몸을 던진 동태를
두 번 죽이는 것이다
비 오듯 국물을 들이켜고
명태의 몸값을 지불하고
나오며 얼큰한 눈으로 하늘을 보았더니
여름의 태양은
고추보다 따갑다
태양식당의 하루는 늘 오후 두 시

입추 전

입차라네요
잠잘 때에 안 뒤척이고
더워 잠 깨지 않는 날들이 더 많을
화분에는 삼 일에 한 번씩 물 줘도 되고
퇴근 무렵 차 시동 켤 때
잠시 동안 사우나 하지 않아도 되는
푸른 낙엽들, 할머니처럼 발효되는
그런 날이 곧 온다는

꽃샘추위

역시,
꽃이 피는 건 힘이 드는가 봐
삼동을 이기고도
마지막,
약할 듯 드센, 미니슈퍼 같은
꽃샘추위라는 이름
하나 더 있는 걸 보면
피우기보다
지는 게 순간이라
그래서 힘들다고 했나 봐
봄이라고 모든 꽃들이
꽃을 피우는 것은 아니었으니

녹차와 발효차

녹차는 벚꽃 같고 발효차는 산수유꽃 같다

녹차는 사랑 같고 발효차는 우정 같다

녹차는 조카 같고 발효차는 부모 같다

녹차는 햇빛 같고 발효차는 달빛 같다

녹차는 MT 같고 발효차는 졸업 같다

녹차는 포장길 같고 발효차는 비포장길 같다

녹차는 봄, 여름 같고 발효차는 가을, 겨울 같다

녹차는 교회 같고 발효차는 절 같다

녹차는 생수 같고 발효차는 숭늉 같다

녹차는 소주 같고 발효차는 막걸리 같다

녹차는 스마트폰 같고 발효차는 2G폰 같다

녹차는 한두 달 전에 사귄 친구 같고 발효차는 초등학교 친구 같다

녹차는 이메일 같고 발효차는 엽서 같다

녹차는 어린이집 같고 발효차는 마을회관 같다

녹차는 마트 같고 발효차는 시장 같다

녹차는 아메리카노 같고 발효차는 카푸치노 같다

녹차는 새순 같고 발효차는 단풍잎 같다

녹차는 달리기 같고 발효차는 마라톤 같다

녹차는 도시 같고 발효차는 시골 같다

녹차는 강남 같고 발효차는 화개 같다

녹차는 너 같고 발효차는 나 같다

부산역에서

붐빔과 한산
떠남과 귀로

부경선이 될 수 없는
경부선의 종점

부산역에서는
시발

너에게

비가 온다
우산이 없다
우산이 있을 때에는
비가 없는 날이 더 많다
나는 간다
너는 없다
네가 없는 날에도
내가 있는 날이 더 많았다
네가 있는 날에도
내가 있는 날이 더 많았지만
나는 간다
너는 없다

가을의 차^茶

끝 덖음 마친 마른 차를 우리면
사로잡힌 초록들,
풀려나 향기와 탈출을 한다

가을은 봄을 발효시켜 단풍 안부를 보내 주었다
곡우 전 그대에게 보낸 손편지는
도토리도 추워
땅속으로 들어가는 입동이 다 되도록 돌아오질 않았다

그대는 예고 없이 내린 첫눈을
싸르륵 싸르륵 밟으며
손님처럼 불쑥 문을 열고 왔으면

내 기다림의 유효기간은 아직 정해지지 않았다
이런 슬픈 발효의 끝은 향기도 있다

사람 의자

출근길에서는 못 본 걸 퇴근길에서는 볼 수도 있다
넓은 정원에서 아무런 관심도 없이 자란 개똥수박
누군가, 줄기와 몸통이 힘이 들까 봐
옆에서 받쳐준 스티로폼 박스와 느낌표 하나,
잠깐 생각에 잠겨 본다
면도날 같은 삶 속 타인의 삶 근방에서
그들에게 나는
몇 번이나 의자가 되어준 적이 있었는가

벌초 중에

무덤은 거대한 마침표 같다
비석은 마지막 느낌표 같다
죽어서도 지구의 원고지 위에
자신의 이름을 남기려는
불멸의 조상이 되어
몇 대에 걸쳐 스테디셀러 작가로
인정받고 싶다는
문중의 선산 원고지

자연건조기

홀수 해에는
토란대도 홀쭉하다

옥상에서는
포경을 미처 못한 고추가
딱 맞게 고추단풍 들고

만여 명의 몫을
혼자 거뜬히 처리하는
가을상표
무동력 햇살 건조기

커피가 제일 맛있을 때

비 올 때
가을에
펜과 노트가 있을 때
그래도 역시,
네가 옆에 있을 때

국화차

따뜻한 물 한 모금 주었더니

바위 같은 국화잎이

초가을인 줄 알고

찻잔에서 다시 피어난다

달도 뜨고

마음도 뜨고

찻잔들도 뜨고

눈 안에 온통 행복이라네

네가 와 있는 줄도 모르고

콩 타작

나는 아무리 생각해봐도
간이 콩알만 해지다라는 말은 이해가 안 돼
놀람의 응급상황을
너무 농촌스럽게 과장한 것 같애
콩 타작을 하시는
아버지 어머니가
콩이 간만 해지는 걸 봤다 하면은
또 모를까

헌 차茶

이삼 월까지 맛있게 먹던 차도
햇차가 나와
구석으로 밀려나네

좋은 것이 더 좋은 것을
밀어내는 맛이란
달콤한 혀의 기억력이란

햇차가 친구와 반대어라면
철 지난 차는
모르는 사람들과의 대화였는지

여행이란

내 몸에는 자연의 전기가 가끔 불을 켠다
저녁이면 배낭을 쌀 계획을 늘 짜 보지만
아침의 벽에 막혀 회사로 가지
여행은 몸과 마음으로 찍어 보는 사진
마음의 생수는 간이역마다 살 수 있다
바람이 불고 물이 흐르고 별이 뜨면
비만 피할 수 있는 곳이라면 저녁이 행복하겠다

십리벚꽃

정전이 된 벚꽃 길
정지된 개화
인파가 오더니
한나절 분홍 꽃구름
차들도 싣고 나르는 동화動花
동화나라에는 꽃눈이 내린다
곡우의 눈들도 올라온다
바람도 발자국이 찍힌다
지워진다
내린 눈은 오후까지 녹지 않고
바람과 함께 다시 살아간다
제법 기쁜 비정규직

합의

아무것도 아닌 것이 아무것도 아니게 된다
있었던 일들이 없던 것이 되었지만
없어야 할 일들이 있었기 때문에
상처나 아픔도 다툼도
이불 펴면 기다리는 자정처럼
지우개에 쓰러지는 연필심의 꼬리처럼
사라져 아무것도 아닌 것이 된다
애초에 교과서에서도 법전에 나올
깜도 아니었기에
존재는 미약해도 하지 않으면
아무것도 아닌 것이 무언가도 되게 하는

*깜: 어떤 일을 할 만한 능력이 있는 사람을 뜻하는 '감'을 거센소리로 표현한 것

악랄한 이익

10%를 깎아 주었다
끝자리를 빼자 하여 또 빼 주었다
카드를 내밀었다
끝인 줄 알았는데
이틀 후
조금 먹고 반품한다고 한다
한 시간을 전화로 씨름했다
언어들이 전파를 타고 합의를 시도했었다
뜨끈하고 걸쭉한 사투리 같은 언어들도 있었다
말과 시간을 허공에 뿌렸다
삼만 원 때문에 일어난 일이었다
악랄한 기쁨이 되었을까

기호

녹차는 세 사람이 와서 두 사람이 의견이 맞아야 사는 거지만
커피와 음료는 한 사람의 의향만 있어도 사 간다
20g의 활용으로 하루를 나눌 수도 있지
고서점의 책처럼, 쌓인 안부를 물을 수도 있는 거다
만남부터의 말도
"차 한 잔 하실래요?"이니 참 다정다감하고
차 우리는 손 건너는 손에 온기를 교환할 수도 있는 것이다
차는 사람과 사람 사이에 있는 징검다리 같은 것이다
그 옛날 다리가 없던 시절에는
구름을 타고서라도 가서
차를 마시고 싶었을 것이다

심해열차

북해도는 섬이 아니라는 것을
홋카이도는 일본이 아니라는 것을
바다 아래로 깔린 철로가
아이누족이 말해준다
섬과 섬 사이는 역이 없었다
아득한 심해에도 지도가 있었다

나는 항상 지도 속에 살고 있는 족속이다

분배

금이 간 찻잔에 차를 마시면
찻물이 바둑판 같다
시선이 분산되어 좋고
섞인 향기를 눈으로 봐서 좋다
금이 간 찻잔은
늘 공정하게 측량을 한다
시간이 흐를수록 영토를 넓히는
빗살무늬로 금이 간 잔

416

개와 늑대의 시간과
사람과 짐승의 시간

보험금과 교통사고라고 하는 사람들은
가라앉아 떠오르지 마라
어른이 되지 못하고
별이 먼저 된 아이들의 엄마는
"엄마, 밥 먹고 들어갈게."라는 말을
얼마나 다시 듣고 싶을까

그날 이후
인간의 시대에서 짐승의 시대가 도래했다

차와 햇살은

차와 햇살은 엄청난 좋은 일을 하고 있다
옆 사람을 따뜻하게 해 주니까
감추려고 하지 않게 해 주니까

단풍

나무 아래 술독을 묻었나
아프게 요절한 고양이를 묻었나

나무나라의 상복은
붉다
계절은 미리 부고를
찬 서리로 보내지

한잔하고 지나는 밤 골목의
음성편지들

도시 기행

오랜만의 서울행에 나보다 더 떠는 자동차

달리자 늘 나무들 산들만 보았으니

이제 도시의 건물과 겉이 번지르르한 사람들도 함 보아라 차야

낮보다는 밤이 향기로운 도시로 가자

산수유 향 날려 오는 구례를 지나 보고 싶은 향단이 남원도 지난다

인터체인지 남원, 88고속도로는 이제는 좀 늙어 보인다

키만 높은 소나무들이 투표율만 높은 어르신처럼 서 있다

소나무와 소나무에 걸려 있는 공장임대 현수막

수고비 알바비는 제대로 받고 있는 걸까

어느 공장 사원들의 밥그릇이 바람에 위태롭게 흔들린다

언제부턴가 회사는 사람들을 잘라 이윤을 남기고 있다

해고라는 명퇴라는 계약만료라는 말은

합법 위장한 얼마나 아름다운 수사인가

살인이자 폭력이자 가정파괴범이라는 말이라

애민의 제왕 세종도 반포 직전에 금지어로 지정했을 언어들,

얼음회사는 치과처럼 사람들을 빼서 보내고

빼진 사람들의 몫은

남은 사람들에게 야근 잔업 특근으로 때운다지

열심히 일을 해서는 좀처럼 부자가 되기 어려운 상실의 시대

고시원에 저당 잡힌 청춘들과 일회용 티슈처럼 버려지는 잉여들

정직한 노동보다 땅에게 아파트에게 기대를 거는 사람들이 사는 나라

대체 부자들은 얼마나 일을 하고 얼마나 정직하다는 걸까

땅이 땅을 사고 집이 집을 사고 땅이 집으로 연결되는 불편한 진실이

가만히 있는 땅을 흔든다 따뜻한 사람들의 꿈을 가져간다

사람과 돈이 블랙홀처럼 빠져드는 도시는

비대해져 오래전부터 아프기 시작했다

뼈를 감싸는 지방, 지방이 튼튼해야 몸도 튼튼하고

나라도 지방이 튼튼해야 건강한 나라다

도시와 농촌이 함께 가지 못하고

농촌의 희생으로 도시를 지탱해가려는 것은

잘못 뽑았기 때문이다

도시 기행이 끝나면 오는 길은 하경이 아니고

돌아온 길이 되어야 한다

도시 기행에 진입하기도 전에 압박당하는 삶

가을 칠불사

오늘은 스님도 매연을 참아야 한다
많은 사람이 와 주었으니

노오란 은행잎 비 되어 내리는 오후
계단을 오르지 못한 잎들은
다음 바람을 기다리며 서걱인다

버드나무 나무가 잎의 뒤를 보일 때는
바람이 불 때이다
사람이 제대로 보일 때도
어려운 바람이 불고 있을 때이다

우국 雨國

우산나라 시민들은

내리는 비가 아파서

다른 나라 사람들 다칠까봐

등을 펼쳐 맞습니다

오랜 시절

센 비 굵은 비 닥치는 대로

평등하게 맞이하여

등은 활이 되어 큰비를 튕깁니다

우산나라 시민들은

땅으로 떨어지는 빗물마저 아플까봐

넓게 펴 받습니다.

비누는 며칠이 흐렸다는 걸

몸으로 느낄 수 있고

우산은 날이 맑다는 걸

접혀 있어도 알 수 있습니다

이별

소나기 때 우산을 쓰고 와
두고 간 사람

마음을 갖고도
두고도 간 사람

밤이면 폈다 접었다
두 사람이 잃어버린 시간

다향 20미터

모과차에는 모과향이 나지
녹차에는 녹차향이 나고
사람의 말에는 그 사람의 향기가 있다
따뜻한 차는 내가 이미 따뜻했기 때문
마음이 쏟아진다
당신은 대체 언제 오는가

전화요금

이번 달에는 부모님의 전화요금이 적게 나왔다
기쁨은 오지 않고 슬픈 소식들만 왔을까
한 달 사이에 말이 없어진 걸까
손자들의 건강과 자식들의 상태를 체크하는
부모님의 청진기
남은 날보다 남은 말이 많을 부모님
다 쓰기도 전에 말도 못하게 된다면 안 되는데
전화요금 아낀다고 말도 아꼈을까
전화는 기념으로 갖고 갈 수 있지만
말은 두고 가야 하는데
성가신 일들이 고민들이 없었던 걸까
말이 많으면 몸도 힘들어지는 세상
말없이 자식들을 위해 뼈와 살을 주고 소나무처럼 온 당신
늘 푸른 목소리로 통화했으면

나이 들다

나이를 든다는 것
나이가 드는 것은 늙어감이 아니라
돌아가는 것
익어 가는 것이다
결을 아는 것
물결을 알고
살결을 알고
나뭇결을 알고
고기 살을 아는 것
청첩장과
받기엔 슬픈
부고를 받는 것

천리향

가게 안에 천리향 하나
꽃 한 송이 놓았더니
다른 것들을 밀어내고
온통 천리향입니다
가져오지 않아도
내 안에서 오랫동안 향기로 사는 그대여
산에서 살 수 없어
바다에서 살 수 없어
다가갈 수 없는
초승달처럼 야위어가는 나를 아는가

잃어버리기 좋은 날

소나기 온 후 갤 때

차 우린 후 식힐 때

택배를 받다가 전화 받을 때

생각들이 속에서 싸울 때

하고 있는 일보다 다가올 일이 더 좋아 보일 때

한 생각이 너무 무거울 때

메모지는 있지만 펜이 없을 때

갠 날에 다시 비올 때

벚나무가 있던 연구소

기다리는 사람은 감기로 오지 않고
어둠이 한기까지 데리고 왔다
마음의 시동만 켠 채 연비와 마음을 태우던 곳

연못이 있던 자리의 벚나무 꽃잎은 물고기들의 이별 편지
봄이면 송이송이 분홍꽃 꽃잎으로 문자를 보내 온다
벚꽃은 지느러미인 양 허공을 헤엄쳐 날려
목어처럼 심장 사이로 다가와
가슴에 집 짓는 비늘이 된다
마음만 두들기고 간다
낮과 밤이 집과 회사가 갈리던 연구소 운동장

연구소의 찻잎은 들어갈 때와 나올 때의 색이 틀리다
가끔 컵 속, 유리병 속에서 혼나기 때문이다
약품 속에서 본색을 드러내 줘야 하기 때문이다

사람의 마음이 어떤 날 강가로 가는 날에도

또 우리는 저녁이면 집으로 돌아가야 한다

한때는 아이들이 그네를 타고 술래잡기를 하던 곳

오늘은 낮과 밤이 술래놀이를 하는

낮과 밤이 겨울과 봄이 교차하는 연구소 벚나무 아래로

뿌리 아래서 부화되지 않은 꽃잎들의

속삭이는 꿈틀거림이 봄을 깨우고 있다

다시, 봄이 오다

순리

가을 낙엽을 보세요

색들이 분화하는 가을밭에 가 보세요

초록이 힘을 거두고 단풍 듭니다

하나의 역할이 끝나면 새로운 모습이 발견됩니다

소멸과 이별은 끝이 아닙니다

오래된 게 다 좋은 것은 아닙니다

새로움과 다양함을 방해할 수 있기 때문입니다

또 다른 무언가의 기회를 가로챌 수도 있습니다

과식이다 싶을 때 수저를 놓고

욕심이다 싶을 때 자리에서 내려와야 합니다

내가 누군가의 앞길에서 콘크리트처럼 버티고 있는 건 아닌지

햇살을 시원한 바람을 막고 있는 건 아닌지 살펴봐야 합니다

자신이 해결해야 한다는 생각은 욕심입니다

해결할 때까지는 다른 사람이 희생해야 합니다

욕심이 뒷사람이 손짓을 하면 곧 두고 나올 자세로 살고 있습니다

비둘기

신기해
비둘기는 알아
어른과 아이의 경계거리를
어른은 3미터
아이는 1미터
느낌으로 각도로 아는 듯

신협으로 날아가는 비둘기 구씨
농협으로 날아가는 비둘기도 구씨

세작 細雀

조금만 더 서둘렀으면
조금만 더 기다렸으면

우전으로 가기에는 크고
중작으로 가기에는 작아
중간의 푸른 갈등

한때는
너와 그 사이에서
쓸데없이 망설이다가
님도
남도 못 되어버린
홀로 버려진
얄궂은 나의 운명 같은

진선미

眞
善
美
미스코리아 대회에만 있는 게 아니다

불을 통과한
물과 흙 바람의 맛이
지적으로 아름답다

불꽃처럼

수십 년을 애연가로 사시다 병원에 몸을 한 달 맡긴 후
자존심도 맡긴 아버지, 담배를 끊는다

아침밥을 먹다가 창고에서 주워 왔다며 라이터를 꺼내시더니
숟가락 같은 손으로 녹슨 아버지 라이터를 켜본다
이미 오래전부터 활동을 멈춘 라이터는 불가루만 몇 개씩만 날리고
몇 번을 돌려도 불이 타오르지 않는다

불꽃이 주름을 밝히고 떨어진다
아버지의 심지는 불이 붙은 지 오래였다

옆의 최 여사가 그딴 거 뭐한다고 주워와 밥도 안 먹고 그러냐고
밥이 다 되어가는 밥솥처럼 씩씩거리신다
밥을 떠먹고 가끔은 김치를 먹지 않고도 밥을 삼킨 것처럼

들어도 잊은 척 흔들고 돌리는 다시 불 한 번 지펴보고 싶은 아버지

아버지, 다시 불꽃처럼 타오르고 싶으신가요

흐느적 흐느적 인생의 버스가 종점으로 가고 있을 때

아름다운 옛일에 커가는 손자들로

다시 한 번 힘을 얻고 싶은가요

힘없고 볼품없고 늙은 라이터라도

마지막 불꽃을 활활 지피고 싶은가요

기다리다

반기지 않는 것은 자주 오고
기다리는 것은 좀처럼 오지 않는다

겨울은 꼭 빨리 오고
바람은 다음날에 자주 오질 않고

지하철이 그렇고
버스가 그렇고
긴 가뭄의 비도 그렇고
너도 그렇다

월세

거미는 저 살자고 나를 불편하게 한다
남의 집에다 저 집 짓는다
결례의 줄로 이슬도 잡는다
자유로운 벌레를, 날개도 잡는다
보이는 각마다 우연의 길로 향하는 다리를 놓는 듯
천장과 벽이 붙는 곳에는 거미집이 한두 채 건설되어 있다
나는 무자비한 집주인이다
세입자 몰래 집을 철거한다
처음부터 동거는 계약하지 않았으므로
나의 게으름이 재계약의 연속일 뿐

침묵

선풍기가 돌 때 이야기를 하면
소리가 줄어든다
돌고돌아 날아간다
사람도 말을 많이 하면
가치가 떨어진다
가벼워 날아간다

의지

일 년은 사계절을
한 달은 두 개의 절기를
하루는 세 번의 간식을
공정하게 분배하는 시간

가을이 단풍을 부릅니다
세월은 노인을 부릅니다

나는 당신을 부릅니다
가을이 가고
세월이 가고

곧 이름표를 떼어야 할 때

냉장고

텅 빈 냉장고에 열기를 채우기란
빈 맘에 그대를 들이는 일보다는 쉽다
텅 빈 하늘은
구름 한 점으로도 비어 있지 않고

보고 싶은 사람아
오지 않는 사람아
빈 맘은 오늘도 공허로 가득하다

자물통을 파는 주인들은
무언가를 열 수 있는 것들이 많아 행복할까

18번

16번 17번들을 부르고
노래방과 도우미들에게 목소리를 주고 온 날
몸이 가볍다
소리의 지방이 빠진 것 같다

18번은 마지막 히든카드
16, 17번의 형편없음을 단박에 만회할 수 있지
비상금처럼 품고 있어야 할 이름
노래방의 주인과 기계가 작업멘트 상 날리는 실력은
실력이 아님을
계산 후 쌓인 빈병을 보면 알 수 있지
결코, 우쭐해 지폐를 날리는 우는 범하지 말아야 한다

장마철 남도대교의 수위와
도우미들의 수위는
만나서는 안 되는 선
16, 17번에게 없어서 안 되는 그 이름 18번

덖음 체험

멈추면 비로소 보이는 것은
타는 것뿐
유념하면 보이는 것은
잎 속의 푸른 혈

*덖음-찻잎을 고온으로 덖는(볶는) 것
*유념-비비기

너 같다

비 온 후
가을 하늘을 바라보면 눈과 마음이 맑아진다
한때는 너도 비온 후 하늘 같았다

손해

계산이 틀려
카드를 잘못 끊은 적이 있다
순간에 오는 수의 무리가
머릿속에서 헝클어졌기 때문에
손님이 간 후에
탄로나는 수의 어긋남
그나마
내가 손해를 보았기에
아직까지 탈이 없다

후끈한 이름표

사람들이 있고
학생은 그림처럼 앉아 있다
한기가 열에 잡힌 공간

열기란,
여자처럼 처음엔 다가서게 하지만
가까워지면 눈물과 후회를 주는 것
적당한 거리가 필요하지만
적당한 거리를 적당히 지정하기란

그 학생은
몇 년 전부터 졸업을 못하고 있다
'화상주의'라는 이름표를
올해도 빨갛게 달고 있는 난로

태음인

사막의 모래 별들은
추운 사람들의 기도란다
바다의 수평선처럼
모래와 하늘이 맞닿은 곳에는
가로등처럼 별들이 걸려 있지
바람에 흔들리고 있지
맨 처음 사막을 건너는 사람의 어깨 그림자는
너에게로 갈 수 있는 길이 되고
추운 나그네의 발길을 비추는 온화한 빛이 되고
모래 앞으로 창을 낸 집에
별과 달이 몸 섞여 살다

아침이면
모래 속으로 사라지기도 하고
지평선 걸려 있기도 하지
마음 추운 사람들에게는
사막이 북극보다 좋을 거라는 생각을
아이스크림을 먹다가도 생각한다

사막의 모래들은 밤이면 작은 별이 된다
지구인들의 몫으로 하나씩 돌아갈 수 있는

아직도 방영 중인 드라마

텔레비전을 타 방송국으로부터 지키다가
잠드신 어머니
기억의 채널 꿈처럼 돌아가면
처녀의 계절로 돌아갈 수 있을까
종영하지 못한 일들이 드라마화되어
밤이 아침으로 가는 도중에
유리창에 잠시 앉았다
유리가 카멜레온처럼 검게 변신을 한다
곧 투명한 색으로 복귀하겠지
결말이 궁금한 드라마는 내일로 이어진다
이제 밥을 지어야 하니
전기 코드를 꼽으면 실시간 드라마로 복귀한다

어부

사람들은 모두
삶의 투망으로 이익을 포위하는
어부이지
차라리 멸치가 된다면
근심을 잊기 위해 밤새 술과 싸우는
사람들의 속을 보듬는
멸치가
콩나물이 된다면

화개터미널

규정 속도로 시나브로 걸어온 오후
전라도의 어둠을 싣고 와 하역하는 구례여객
불이 아파트처럼 달린 차창으로 한낮이 흡수되고 있다

지금은 사라진 태양다방이 있던 터미널 이층에도
달이 뜨겠지

달뜨는 밤 여인의 얼굴이 가을밤 다화 같아서
받지도 않을 마음을 함부로 내주기 일쑤였던 청춘

자기 나이보다 짧은 치마를 입고
이층을 오르던 어린 레지의 워킹의 아련함은
시간 늦은 막차처럼 헐레벌떡 부끄럽게 도착을 한다

기다려야 할 버스는 희망이라면 없고
가야 할 종착지는 확실한데
매표소의 문이 벌써 내린다
빠른 속도의 차들도 시간표대로 움직인다

오랫동안 달려온 햇빛 머리 할머니에
오래된 나무의자가 앉아 있다
낮보다 밤이 더 쓸쓸한 터미널
밤보다 낮이 더 그리운 오래 산 사람들

문제적인 문제

혼자서 산다고 문제가 되는 것은 아니다
둘이 살아야 문제가 안 된다는 것이 문제다
봄이 여름을 탓하지 않듯
봄이 온다

너라는 의미

된장찌개를 먹었다
소금과 상의한 것처럼
짜다
된장국 사이로
더 뜨거운 보리차 한 컵 넣었더니
보리의 살 내음이 흙처럼 날아온다
나도 너를 안 후부터는
나의 존재가 의아스럽다

길가의 꽃

길을 걷다가 길가의 꽃들은 다 예쁘다고 생각했다
꽃을 보러 간 것이 아니므로

꽃 보러 가서 본 꽃보다 예쁘다
아이들 방학 계획표처럼
준비하고 계획 없이 만나지 않았던
너는
꽃보다 예쁘다

분실

추운 서울에서 내려온 날
언 손가락들
그중의 하나가 떨어져
서울에 두고 온 것 같다
보내야 하는 문자가 다 오타다
그래서 보낸 글들은 다 진심이 아니다
그냥 좋은 사람으로 생각한다는 글은
다시 되돌려 받았으면 하는 생각에
아니 땐 굴뚝에 진짜 연기가 났다

그리움

내가 왼손으로 사용하던 물건을
너에게 주었을 때
나를 생각하고 쓴다던가
많은 날 곁에 두고 살았으면

나의 일부를 떼어내
너에게 주고 싶은 날들

연장전

휘슬이 울려 전후반이 끝났다
애초에는 없었지만
이미 있었던 연장전
승부를 보지 못한 사람들의
기회이자 절망부활전

고등어 해체 중

산의 능선을 타고
살을 피한 뼈들이 싱싱하다
깊은 바다의 색을 등에 지고 달려온 바다
잡혀온 고등어들은 살 만큼 살다 왔었으면

어머니는 전생의 궁궐요리사
바다의 색을 살짝 금을 그어 고등어를 분해하신다
고등어를 싣고 달려온 지느러미를 싹둑싹둑 자른다
먹이를 노리다가 먹이가 될 수도 있었던 눈
아, 생선들이 오래 못 사는 건 눈이 하나라서 그래
수면으로 부레는 몸통을 올려줬을 거다
버릴 것만 버리고 먹을 것만 남긴 고등어는
죽어서야 앉아보고 서도 본다

큰방 수족관에서 쿨쿨 맛있게 주무시는 아버지는
세월요리사에 해체 중이시다

체감온도

하동에 있다가 화개에 오면

화개는 하동보다 춥고

화개에 있다가 구례에 가면

구례는 화개보다 춥고

구례에 있다 남원에 가도 그렇고

측정할 수 없는 너와 나의 거리

기록할 수 없는 관계

사랑할 때와 떠난 후의

온도란

꽃샘추위

긴 기다림

나무의 피부를 뜯고
일찍 보고 싶은 봄

방심한 추위는 다 춥다

콜록, 기침 한 번 할 때마다
꽃잎은 떨어지고

제대로 봄 오기 전에
낙화하는 눈물
피다가 어는 꽃은 필 때보다 숙연하다

섭섭

비용보다는
들어오는 돈이 많았으면
나가는 언어보다는
들어오는 언어가 많았으면
썰물보다는 밀물이

오래된 생각들을
새로운 생각들이 밀어냈으면

1994년

형, 생각나?
상왕십리 반지하방, 햇빛도 달빛도 반반 들어오던 궁색했던 날들
내가 월급을 타던 날 형의 몫으로
토큰 100개를 사서 꼭 책상 안에 넣어 뒀지
형은 참 미안해하며
내가 안 보는 새벽에만 몇 개씩 꺼내어 통학하곤 했었어
숙희는 사 주지도 않은 토큰을 사서 떠난 후로 오지 않던
그 추웠던 겨울을
쌀과 부식을 사오던 민정이랑 오순도순 바람을 견뎌냈지

항상 토큰과 쌀이 비슷하게 떨어졌던 것 같애
일과 진짜 급한 일들이 꼭 동시에 오는 것처럼
상왕십리에서 상도동까지의 거리만큼이나
좁혀지지 않았던 그 불평등의 시간들
지금은 따뜻해졌을까

민정아, 배달되는 기름의 양을 믿지 못해

직접 수레를 끌고 주유소까지 갔던 일들 기억나니?

그때보다는 많이 가지고

부지런히 알뜰히 산 우리, 지금은 만족하고 살고 있을까?

햇살이 바람을 이기는 것을 믿니

힘들 때 생각나는 따뜻한 추억이 있다는 게

그 속에 형이 있고 네가 있다는 게

온돌방 아랫목보다 훈훈하다는 걸 믿어줘

함부로도 살 수 없고

더 값지게 떠난 사람의 몫까지 더 열심히 살아야겠지

앞으로는 더 나은 날들이 우리 앞에 온다는 것을 믿니?

그때보다 더 포기하고 이해하고 살고 있니?

간제미

건제미는 족보가 있었다
자선어보에도 나오는 전통을 갖고 헤엄친다

눈은 하늘을 보려고
마디마디 굳은 근육을 붙이고

눈이 내리면
간제미 맛은 오른다

강태공에 끌려와서야 누울 수 있는
배가 하늘을 볼 수 있는

꼬리보다 빠른 포기
삶도 죽음도
삭인다

야식

밤의 가게를 나와
식빵 같은 방에 누우면
피곤은 입 밖에서 갈등을 한다
허기는 벌써 다음 끼니를 요구하지
머릿속 음식들이 주문을 기다리지
무덤 같은 메뉴판을
폈다가 접다가
죽일 수도 살려서 부를 수도 있는
야식의 존재

공정한 승차

교대에서 환승 후 연신내를 지나는 동안에도
좀처럼 자리가 나지 않는다

서서 가는 사람과 앉아서 가는 사람의 차비가
동일한 지하철 안
서서 가는 사람들도 수긍하고
빈자리를 원하고 있다
서울 사람들은 인정하는 일에 다 익숙한 얼굴들이다

한 방향으로 달리지만 사람들의 시선은 분산되어 있다
헛된 희망이 통과되지 못하고
역마다 내리는 사람보다 태우는 사람이 더 많다
내리는 사람보다 타는 사람이 더 많다는 것은
빈자리의 꿈이 점점 엷어진다는 것이다

더러는 듬성듬성 승객보다 많은 빈자리를 태우고
달렸을 지하철은
언제나 내가 승차할 때만 붐비는 대목이다
칸칸의 사람들은 은하철도 999의 안드로메다를 생각할까
도무지 말을 거는 사람들이 없다
말이 불편하게도 하는 걸 나도 알았지만

하차역이 가까워질수록
미리 집에 가 있는 마음
빈자리가 생기기 전에
내가 빈자리를 만들고 말지

불경기

바람만 문을 두드린다
반응은 시설時說을 부른다
인기척이 빠진 오후의 잠음
적막을 깨는 비둘기 무리
짐승들도 배고프면 경계를 푼다
도덕의 장터에서 서성이는 사람들
긴긴 민방위 훈련
너무 많은 금지어들
먹어도 먹어도 배가 고픈 날들

왕성초등학교에서

분교가 된 모교는
지갑을 잃어버린 아이처럼 쓸쓸하다
친구 아버지 생일잔치에 가다
잠시 들른 운동장에는
오전과 오후가 그네를 타고 있었다
어릴 적부터 호두나무를 지키던 이순신장군은
왼손잡이였을까 팔을 바꾼 적이 없다
변함없이 한 페이지만 읽고 있네
독서는 마음의 양식,
양식을 같이 먹던 급식 친구들이 문득 보고 싶은
오후의 상념

곧 면 단위 학교는
통합이 될 거라는 우울한 소식과
분교로 더 있게 될 거라는 소문이
시소를 타고 있었다

교감

며칠 여행을 하고 돌아온 날
화분이 하나 떠났다
마셔도 마셔도 목마른 날은
목마른 떠난 화분들 때문이었을까
똑같은 양의 물을 주고 가도
산 것은 살고 떠난 것은 떠났다
주인을 기다리다가 떠난 화초의 얼굴은
푸른빛 없이 벌써 가을이었다

가을장마

또, 비다
징하다
그 뜨거운 여름을 이긴
수확된 곡식들이
장마의 습에 녹는다
태양만이 녹이는 것이 아니었다
작두콩을 화끈하게 썩힌 어머니는
하늘에다 대고 날카로운 욕설을 날린다
깎아놓은 곶감이 쓰러질 때
습도는 반을 넘게 거들었다

따뜻한 차 한 잔은

난로의 온도를 올리고
발효차를 올려놓고
사람들을 부른다
얼음 같이 몸들이 들어와서 녹는다
따뜻한 한글들이 흘러내린다
건네는 차 한 잔으로 그들은 따뜻해졌을까
몇 번을 우려도 향이 있는 차처럼
한겨울 같이 살다 가는 사람들

십리벚꽃2

십리벚꽃은 폭력, 깡패다
마음을 두드리는
말을 못하게 하는
벚꽃길 연금을 시키는
항의도 못하는

분실한 것처럼

나는
지하철 분실함을 보면 서성이고 싶다
전화를 받고 나서
받기 전의 일들을 찾으려면

아, 잃어버린 것은 없는데
잃어버린 것 같은 날

현관 앞 우편함 속에는
첫눈 같은 첫사랑이
반송으로 돌아왔을까

5년 후 나는

5년 후의 나는

걸을 수 있을까

웃을 수 있을까

나는 책을 읽을 수 있고

너를 만나러 갈 수 있다면 좋겠다

너와 지금처럼

친하게 살고 있을까

예상치 않은 일들이 다발로 일어나는 세상에

잘들 살고 있을까

명절 전야

서울에서 형이 왔다
진주에서 동생도 오고
동경에서 올 동생은 내일 올 거라고 한다
수박 같은 달이 곧 뜰 것 같은 밤이다
일곱 개의 숟가락 중 올 수 없는 두 개의 별은
하늘에서 젓가락을 들 것이다
같이 살아도 사형제가 한 이불 덮고 잔 적은 언제던가
모르는 사람의 일
멀리 떠나면 영영 할 수 없는 일인데
그래서 한이 되는 일인데
형제자매의 강물이
처자식으로 흘러들어 가는 것도 아름다운 일이지
한 그루의 나무를 키우는 일이니

명절이 끝나면
계급처럼 나눠 공정하게 싸 주시는 부모
오고 싶어도 자주 올 수 없는 자식
이 아등바등 바쁜 생에
명절이라는 게 한두 개 있어 얼마나 좋은가

옛이야기들이 풀리고
그 시절로 돌아가는 차를 타는 밤
첫눈보다 순간이다

모델 변천사

이런들 어떠하리 저런들 어떠하리
좋고 단단하고 저렴하면 된다는 것을
불황이 가르쳐 준 소비의 미덕

이몸이 죽고 죽어 일백번 고쳐죽어
백골이 진토되어 넋이라도 있고 없고
삼승향한 일편단심 변한다 언제라도
사오미 애플이라도 좋으면 그만일걸

이런들이 저런들이
백골이 진토되고

정몽주가 이방원을 죽이고
최영이 이성계를 죽였다면
바꿨을 땅과 지폐의 모델

친구 만주는
비자 없이도 만주를 다녔을까

꽃2

사람이 꽃을 피울 수는 없지만
너는 내가 피웠고
나도 네가 피웠다
다 인생 한철의 일이었다

김태희와 어머니

닮은 점이 많아
곱고 예쁘고 커피도 좋아하고
무엇보다도
오랜 가뭄 끝의
비를
좋아하는 것도

고마워지는 것들

나이를 조금 먹어가니 별게 다 고마워진다
약속 없이도 찾아오는 봄이 고맙고
식구보다 더 일찍 생일을 챙겨주는 에스앤에스도 고맙고
아침 정원 소나무 사이로 나를 깨우며 와 주는 아침 햇살도
고맙다
여태껏 고장 없이 나 대신 잘 싣고 와 준 짐차도 고맙고
부모님의 안부를 물어주는 사람들이 고맙다

그중에 제일은
11자 내 전화번호 기억해 준 사람들이
참 고맙더라

내일은 온다

나의 마을에는 비가 와도
너의 마을에는 안 올 때가 있고
오늘은 흐리지만
내일은 맑을 수도 있다
다 똑같다고 생각하지만
똑 같을 수 없는 우리들 하루
기다려도 오고
기다리지 않아도 내일의
내일은 온다

로드킬

한 개의 생이
다른 생에게 보시를 하고 있다

야생의 기억 속 영토와
인간의 영토가 맞물렸기 때문이다

아스팔트 사이로 묻히기 전에
새들에게 눈에 띈 것은
그나마 다행인지 불행인지

견리사의 見利思義

차茶 마을에 와 주신 손님에게 차만 우려 주었더니
갔더니 물만 물만 줘서 물만 먹고 왔더라 하더란다
지금쯤이면 나쁜 것을 이미 배출했을지도 모르면서

맛있고 원하는 소주, 맥주를 줬다라면 즐거워하며 갔겠지만
나쁜 것을 줘 보냈으니 서로가 편할 리 없지
순간 좋게 보이기보다는 좀 안 좋은 말을 듣더라도
오랫동안 즐거운 사이여야 한다